www.ingramcontent.com/pod-product-compliance
Lightning Source LLC
Chambersburg PA
CBHW031412160726
47993CB00003B/1195

طواف اليراع

دار حروف منثورة للنشر والتوزيع

الطبعة الأولى

الكتاب: طواف اليراع

المؤلف: خالد حميدة

تصنيف الكتاب: قصص قصيرة جداً

تصميم الغلاف: فريق الدار

تنسيق داخلي: فريق الدار

مراجعة لغوية: فريق الدار

رقم الإيداع: 2019/14449م

الترقيم الدولي:

مؤسس الدار

مروان محمد

Website: https://horofbooks.com

Fan page: http://facebook.com/horofsbooks

Email: info@horofbooks.com

هاتف جوال: 00201113006296 – هاتف جوال: 00201064054995

دار حروف منثورة للنشر والتوزيع لا تتحمل أي مسئولية اتجاه المحتوى الذي يتحمل مسئوليته الكاتب وحده فقط وله حق استغلاله كيفما يشاء سواء بالنشر مع الغير أو بأي وسيلة أخرى.

الإهداء

ينعكس الخلد على ما نكتب لا على ما نقول وهذا محاولة مني لسبر خطى الخلود بصحبتكم.

قرّائي الكرام إن الكتابة فعلٌ عميقٌ جداً، ذلك أنّه بعد أن يخرج للنّاس يصبح كالشمس لا يمكن محو أثره وهذه شموسي الحميدة أضعها بين أيديكم.

سكرات

عبَراتٌ يسكبها من فؤاده، والألمُ يُسحسح من مآقيه، فالتي أحبّها فيما مضى هجرَته لسواه رغبةً منها في التـرف والبذخ، خاصة أنها خليلة الفقر والتراب، وهو كذلك، لكن أحلامه كانت ترقى وترقى حتى لتبلُغ حدَّ الإقامةِ في العاصمة، والاثنان أبناء القرية الغارقة في النسيان.

ذات يوم أسرّ لصديقه أنه ينوي الانتقام منها، وذلك بإشاعةِ الأخبار السيئة وتلطيخ سمعتِها بالسوءِ، بيدَ أنَّ فؤادَه المتيّم بهواها ما سمحَ له بذلك، بل ظلّ يسقيه ألوانَ الحنين بين حينٍ وحين، إلى أن أزَّهُ الشيطانُ فارتكبَ الحماقةَ الكبرى، تجلّى ذلك عندما صدفَها في الشارع مع زوجِها فأقدمَ على نزع غطاء رأسِها، وراح يُشهّر بها فما كان من الزوج إلا أن أجهز على الحبيب العتيق، وما لبث أن قتل زوجتَه بعدما قتلته ظنونه.

من بين الأجداث تراءى طيفان راحا يصولان ويجولان في سماء المقبرة.

ناجى طيفَها طيفُه: كيف سمحتَ لنفسك الحقيرة أن تضيّع عليّ باقي أيام عمري وأنا الزهرة في روح الصبا أتألّقُ، أناغي الفرح وأشدو قربه بقلبٍ يعشقُ البراءةَ ويميس بالنعيم لولا حبّك الذي كان بالنسبة لي اشتهاء كاللعبِ بالنار والرقص مع ألسنة لهبها فإذ به يحرق روحي ويدفن عمري

في الرحيل بطيش أخرق والذنب أني أردتُ أن أردي الفقر قتيلا.

اشتعل طيف العشيق نوراً وراح يُزهر باقات الندم وما لبث أن باح: القلبُ الذي بين أضلعي تحولت دماؤه إلى أنهار جافة تهوى وصلك وتهفو إلى لقائك فالحبُّ الذي أكنّه لكِ عظيم، عظيم، وما استطعت أن أكبح جماح ثورتي، ما احتملتُ أن تكوني لغيري فدافعي الحب، والحبُّ عندي التملّك وألّا تكوني لسواي، لكن هنيئاً لي بكِ هنا لتطيب لياليّ ويحلو بقربك السمر في هذا البرزخ وليكون هذا الحيّز بقربك جنّتي فإتّي إلى جهنم وبئس المصير وأنتِ إلى الجنة ونعم المآل.

على أكفّ الحمّى تقلّب جسد الزوج القاتل وما فتئ يصطرخ بألوانها حتى مسّ اليأس قلوب المشرفين على علاجه وقنطوا قنوطاً كبيراً، فالمريض في أوج الصحة لولا عنادُ الحُمّى التي أبت إلا وأن تزيّن روحه وتكسو عظامه وإذا بالصباح الأخير يزف الموتَ إلى المريض ويُريحه من السقم وفي الليلة الأولى له في القبر رأى طيف الميت التقاء الطيفين خِلسة.

زهرة الحياة

اخلع نعلك أنت في الحضن المقدس الذي يجاهد آناء الليل وأطراف النهار ليتغمّدَك بواسعِ الرحمة والحنان.

ذاك هو حضن الأم الذي اتخذه الأدباء ـ معظم الأدباء ـ نبراسا للجود وآيات العطاء تسحُّ من مقلتيها ذي الحنان، البؤس هنا شريك في حياة من فقد نبع الوداد هذا، ما أشده من عذاب حين ترسم أحلاما بيضاء على حائط الواقع الأسود والأسوأ بذات الوقت، ألا يكفي أن الحزن ينتحبُ منكسراً دون الذي فقد أمه ولولا ذلك القدْرُ للأمِّ لما كانت الجنة ثمة أقدامها، طوبى لنا بأمهات ترفع أكف الضراعة لتدعو لنا الله بأحلى التراتيل وتجود بأكرم العبارات ـ حريٌّ بالناس ذلك .

أن تقول أم فذاك يعني أنك تردد آيات الألفة والمودة فكيف بك حين تبرّها وكيف بالناس حين يخذلون أمهاتهم؟ يطول المداد أسطراً.

رسالة إلى ضمير

التحياتُ المبكياتُ والأماني العقيقةُ إليك أيها الضمير!

ما أقولُ وما أكتبُ وأنت الحاضرُ الغائبُ فينا، هل الأزمانُ اختلفتْ أم اختُزِلتْ في دياجي الفسادِ والمصالح الآثمة والعيونُ النائمةَ والقلوبُ الهائمة في هوى اللذات تفضيلاً عن الأعرافِ والدينِ والله.

يا أيُّها الضمير مهلكَ فالسبات عميق وزمن الانتباه بعيد سحيق فلا تأس على قوم لجّوا في الظلمات ويرتعون في رحابها، يرومون إعمار الخرائب بالخراب وفوق سماء كلٍ منهم غراب وشيطان أمرد يؤزّه أزّاً، يحسبون أنهم يحسنون صُنعا ولا يدرون أنهم في الغيّ وأشباهه يخوضون.

ألا ترى يا أنا أن من غاب عنه ضميره تجرد بشكل أو بآخر من كل شيء، فلا هو بإنسان يتبع إنسانيته ولا هو حيوان يتبع غريزته فيسرف في التبذير ويبذر في الإسراف بل وتحسبه أعقل المجانين في إعمار قلاع الرمل وتجول بالفؤاد ـ لحالك ـ آلاف الحسرات وباقات السقمِ وكلُّ الرزايا وحول ذاك الأمر يطول المدادُ أسطراً.

ختاماً لتعلمَ يا نبراسَ الحقّ أنْ لا بدَّ للظلمِ أن ينطوي ولا بدَّ للأغلال أن تنكسرَ فكلُّ ما هو شائع الآنَ ما هو إلا فقاعةٌ سوداءُ مصيرها حتماً الذهابُ أدراجَ الرياح والويلُ والثبورُ لمن ارتداها زيّا يلوّنُ به أيامَه وأقوالَه وطُوبى لمن هجره وحُسنُ مآب.

لمسات يوم

ومرّت سنابُك عاماً آخرَ على وجوهنا، فيه من الوجع أقساهُ ومن الفرح أحلاهُ، أيا قلبي السقيمُ كم من أمنياتٍ خيّبتْكَ؟ وقدسُ الأحلامِ يطير فيّ كل حينٍ آلافَ الليالي، وأستحضرُ الغيماتِ لأمطرَ التفاؤل فوق الأيامِ المتوالية، كحبات المطر هي، سريعة، متعاقبة، لا نهنَّئ بقطف جناها حتى تلوذَ بنا الملمّات. ذات عيدٍ دارَ في أفواه الخرافِ سؤالٌ: ألا تخشى النحر بعد حين؟ أجاب أحدها: وما الضيرُ قد خَبِرت الصيف وحرّه والخريف ورحيله الحكيم وكذا الشتاء وقرّه الكليم، وآخر شيء أزهو وأزدهي بأحمالٍ من شأنها استمرارية وجودي. سوى أنّي ـ وكذا بنو آدم ـ لا نفتأ نزرع الآمالَ في الأيامِ ونفترشُ الساحاتِ بانتظارِ الزهرِ وحين يأتي الأوانُ ونحرث الأحلامَ البيضاءَ وا أسفاه فكم يخيب الظنّ بالمقبلِ؟ على أطلال الأيام المنصرمةِ فقدنا ساعاتِ فرح، وحطامٍ ماضٍ بهيج لنكسب للدهور القادمة جبال وجع؛ آهِ عليكِ يا أنفسنا الوديعة، آهٍ من أسابيعَ وشهورٍ لا تجيدُ غير التهام أفراحِنا وأعمارِنا على حدٍّ سواء بما في ذلك ذوات ذواتِنا.

عفاف

ما تجرّاً على قراءةِ لغةِ العيونِ في وجوهِ الإناثِ الغريباتِ عنه ـ حتى الصغيراتِ ـ ذلك أنّه يحسبُه اجتراحاً لأعظمِ الآثامِ.

ذات اجتماع بإحداهنّ هوى به الهوى وزلزلَ صروحَ العفّة والطهرِ، ودنّسَ القدس بنظراتٍ متهوّرةٍ ماجنةٍ، والفتاةُ تعرفُ جيداً لغةَ العيونِ وتفهمُها وقد لاحظت الارتباكَ المنزوي خلف رمقاتِه فحدثته بلغة أرادت من خلالها شيئاً: إنّ الأيائلَ التي تحاولُ أن تصطادَ أرنباً لا بدَّ لها وأن تفشلَ، كذلك هو حال الإنسان وشخصيته التي تنشأ في فترة معينةٍ، ثم ما تلبثُ أن تبقى ثابتة في الجذرِ متغيّرةً في الغصونِ، وعلى الرغمِ من أنّ بعض بنات جنسي قد يعتبرن ذلك إهمالاً متعمّداً يُنقصُ من قيمتها، إلا أني أزفّ لكِ البشرى فلقد امتثلت ـ إن علمت وإن لم تعلم ـ للأمر الإلهي "من وراء حجاب" في التعاملِ مع الأغرابِ من النساء، فالعفّة لها نصيبٌ عظيمٌ من العيونِ ونظراتِها، هيّا اذهبْ، انطلقْ، ولتبقى حرّاً من أغلالِ الهوى وقيودِه.

فراسة

الأيام القادمات خيرُ دليلٍ على ما أقولُ؛ هكذا اختتمَ حديثَه الأبُ المريض بعدما كان يعظُ أبناءَه وانفضَّ الجميع باستثناء الصغيرة التي قالت لأبيها : ما تركت للأيامِ؟ وما ستعلِّمنا؟ وقد شرحت وأفضْتَ حول تقلُّباتها؟

ردّ بوهنٍ: يا ابنتي ما هذا إلا غيضٌ من فيضٍ.

وارتعدَ الأبُ المسجّى وتصبَّبَ العرقُ الباردُ من شعرِه الأبيضِ كالثلج، وتخدّرتْ قدماهُ فرجلاهُ فجذعُه حتى وصلَ الخدرُ إلى رأسِهِ وهناك لفظَ روحه.

بين نواحِ النائحين وعويلِ الثكالى تلبّدتِ المشاكلُ في سماءِ العائلةِ حَول الميراثِ، كلٌّ يريد أخذَ الحصةِ الأكبرِ بزعم استثمارِها.

تجفُّ تربة الفقيدِ وتزدادُ سخونةُ الخلافاتِ حتى وصلت حدَّ تراشقِ التُّهمِ بالسرقةِ والاحتيالِ.

تبدّدت أواصرُ الودِّ وتقطّعت حبالُ الرحم وأضحى كلُّ أخٍ عُرضةً لدسائسِ أخيه ومؤامرته، من فوق السماواتِ العلّا تاقت روحُ الميتِ لتنهرَ الأبناءَ عن ضلالِهم وتعيدُ إشراقَ النور في رؤوسِهم فهم ليسوا كذلك البتّة سوى أنَّ المالَ يغيّر النفوسَ والطبائعَ وحلّتِ القطيعةُ.

في الاجتماع الأخيرِ لهم عقدوا العزمَ على بيع كلّ ما تركَ لهم وتقاسُمِ الحصصِ على حدِّ سواء بما في ذلك بيتِ العائلة

ـ الذي ضمّهم يوم ما كانوا صغاراً يرتعون ـ وهاتيك الأُمُّ سلب القهر فؤادها، ما تفعلُ وروحَها تشتاقُ بعلَها؟ وفلذاتُ كبدِها يكادون يفتكون ببعضِهم كرمى لعيونِ النقودِ وبُهرجِها.

وعادتِ الأصواتُ لتعلو والأيادي إلى الاشتباك والصغيرة ترقبُ إخوتَها بحسرةٍ مريرةٍ، ومن فيضِ الجنونِ الحاصلِ أتتْها ضربة على رأسِها أدنَتها من أبيها، على مشارفِ الموت تنهّدتِ الصغيرةُ: الأولى بكم أن تتدارسوا نصائح أبينا عوضاً عن الاقتتالِ على درنِ الدُّنى.

طواف السنين

وتمرّ الأيامُ ويتوالى تلفي

هي السنينُ تتراقصُ في باحات أعمارِنا دون أن تكلَّ أو تُنهَكَ، وكلما ازداد رقصُها إجلالاً تناقصت لحظاتُنا في هذه الحياةِ متجاهلةً كلَّ الأفراح التي عشناها وكافة زهورِ الأيامِ التي تنعّمَت بها ذواتُنا وكذلَك فسحاتُ الهناءِ التي تزيَّنت بها نواصينا.

الغريبُ في الأمر أنَّ رقصَ السنواتِ يظهر على أجسادنا فيحلُّ البياضُ في رؤوسنا ويزيحُ النحولَ قوانا وتتّضحُ معالمُ أقدامِ السنين على أرضيات قلوبنا وتلك العصافيرُ التي كانت تشدو لنا أضحت غربانا سود تنعق إيذاناً بقرب الرحيل، يالَسطوة الزمن، ما أشدها؟

أفي الموت كذلك هو الحالُ؟

ترقصُ السنينُ ونمسي في النهايةِ أغرابٌ فوق غربتِنا وتائهون دون تيهنا وضائعون حول ضياعِنا وملتاعون في جوف لوعاتِنا.

يا أيُّها العدّاءُ السريعُ

يا أيُّها السارقُ ـ سارقُ الفرحات.

يا أيُّها الزمنُ

- مهلكَ، مهلكَ فلي في الآفاق مسرّاتٌ ما أحلاها وليال ما أزهاها وأمنياتٌ ما أبهاها وستتحقَّقُ ذات يومٍ، وكذا أفقدُ روحي بين عشية وضحاها.

خريف السماء

لعلّك نسيتَ أيُّها الغروبُ حين غروبِكَ أنَّ هناك آلافاً من الأحلام ستشرق لا محالة، وأيضاً زفراتٌ حرّةٌ مُرّةٌ ستلفظُها الصدورُ ودمعاتٌ لا حصرَ لها.

يا أيُّها الغروبُ، يا طعمَ الرحيلِ، يا حسراتِ الأيام القادمةِ ها قد ازدانَتِ السماء بألوانِكَ، واكتستِ الآفاقُ بحمرتِكَ، والخريفُ يتنَّزلُ كلَّ عام بملامِحِكَ، ويكأن حمرتَكَ القانية هي ذاتها دماءنا ـ المترعة بالألم ـ التي تنبضُ بالوتين.

يا أيُّها الغروبُ لعلك نسيتَ أنَّ من بعدِك ليلٌ جميلٌ تتألّق به النجماتُ وتطيب فيه المقامات وتحلو به النغمات وتنجلي في سحره الكُرباتُ وتُغنّي فيه البسماتُ وترقصُ على ضفافِه المسراتُ فأهلاً بك أيُّها الخريفُ ـ خريف السماءِ.

مكر واهن

وفتاة أشرقت فيها الأنوثة على حين وقت وما نعمت بأنوثتها حتى انفتح باب نصيبها أمام كهل أرعن، أزاغ كللها بالذهب، أزاغ بريق نقوده بصيرة أهلها، باعوها إليه فسطرت على جدار الفؤاد بمداد الوجع:

هذه القيود أنهكت منّي الفؤاد وما تركت لي سوى آهات متراكمة بعضها فوق بعض لكن والذي نفسي بيده لأحطمنّ هذه الأغلال ولأنتصرنّ عليها أيُّما انتصار وما لي سبيلٌ إلا أن استلّ حسام الألوان لأستقي منه قوّة ما عرفتها القوى.

ها أنا ذا أحقق الانتصار تلو الانتصار وأجني الفرح إثر الفرح وتزهو لي الزهور ويفيض منّي السرور ويستحيل الحديد الصدئ ذهبا برّاقا يخطف الأبصار وتزدان به قطع جسدي المتجاورة.

وا انكساري وبؤسي لا زلت مقيدة ولا استطيع الحركة، تبا لقيود من ذهب.

غبار النجاح

روائح الرُّبى المنبعثةِ من ثغره دلّت على انفتاح فكره، يختالُ بين الناسِ، تزدهي أفكاره ورؤاه، وصل التفوّقُ لابنته في دراستِها فحرمَها الاستمرارُ به.

****

بين النسوةِ لها المكانةُ، تعيّر الأولى وتتندّرُ بالثانية، هي المثقّفةُ، الواعيةُ، ذاتُ الفكرِ الرشيدِ ـ هكذا تحسبُ نفسها.

فلذة كبدها نالتِ الغُلا في التحصيل العلمي. هتفت بجوفِها: رائع ستنالُ مهراً أكبر.

****

فراشةٌ تتألَّقُ صبا، ينضح من وجهها العبير-وللشباب وثبات-مرارة الأيام لوّنت فرحها، مزّقتها الازدواجية في سكنات أبويها، فرّت من بؤس الواقع إلى زيفِ النجاحِ مشتهيةَ الجنون.

للميت طوبى

في الرضا عاش وازدهر، رضا أمه جعله هدفا وغاية ونبراسا لشتى شؤونه، ماست دونه المصائب لتحط من عزمه فوجدت نديمه العزم ـ العزم على النجاح ـ هكذا قضى الثمانية وعشرين سنة من عمره، وإذ بالحِمام يحط عنده الرحال.

على فراش الموت شاب يعاين السكرات متتابعات ومتفرقات، يهذي ،يهلوس، تبتل بالندى ناصيته، يسحّ عرقه، حين الصحوة رأى حورية من الجنة تناديه: أن اقبل إليّ لتنال ثمار عملك.

صار يصيح بمن حوله من الوجوه المتجهمة: لا أستطيع لا أستطيع يجب علي أن استأذن أمي للذهاب.

واحسرتاه في غرفة أخرى أمٌّ شابَ نبعُ حنانها ،حزينة، منكسرة الفؤاد، تتهاوى أركانها يفتت كبدها الألم تسمع صوت ولدها فتزداد دموعها حرقة واستحال بؤسها جبال شاهقات، وبعد عظيم استجداء للأم الثكلى أتت إليه على جناح الوهن تفيض من مآقيها المآسي والدمعات. وحين قدومها تلاقت النظرات واصطحبته الحورية إلى الجنة.

مفاجآت

لصوص اختطفوا طائرة، قتلوا ركابَّها وراحوا يلقون جثثَ قتلاهم.

صغيرة حلوة تلهو بالرياحين في حقل ربيعي، تستجدي عطرَها، سقطت بجانبها جثة غيبت براءتها.

عاشقان على شاطئ البحر يتبادلان الغنجَ والحبَّ، قالت لحبيبها: إن كنت تحبّني أحضر لي نظارتي ورمتها على سطح البحر، عاد الحبيب ليرى بجانب خليلته ميت اتُّهمت بقتله بسوء ظن مقيت.

ناسكٌ يناجي الله - يروم الرزق - وفؤاده مترع بحب الشهوات والنفاق، جثة أخرى سقطت أمامه.

في الطائرة تقاتل القوم على الغنائم، أطلقوا الرصاص على بعضهم، انتقل الاشتباك لقُمرة القيادة والتحكم، قُتل الكابتن، خللٌ اجتاح المحركات.

في عرض المحيط حوتٌ ظالم يقتل للأكل والقتل، تمادى به الأمر حتى أهلك أخاه وصعد للسطح للاستجمام من علٍ سقطت على رأسه طائرة كسّرت دماغه.

شيخوخة

دائما كان مكبوت الشهوة، منزوع العزم، خائر القوى، راوده حلم الحياة لكن الحلم تكسر عند الأقدام.

وإذ بروحه تفيض فتفجر قواه، وتشتعل عزماً ليشتهي الحياة.

ثورة

أعلنتها الحروف ثورة؛ حاججه كبيرها: أنت تكتب ذاتك بنا؛ تنشر نفسك على الملأ، تعكر صفونا، تجرح ذواتنا بإلحاحك .. تعرض أفكارك للقاصي والداني عن طريقنا وما النتيجة؟ عدم الاكتراث بك و بنا، رد بحبور وجلال: ما ذنبي إن ولدت أديبا يطوع الحروف كما يشاء ..

منى

انقاد للخدمة الإلزامية ما له سوى الله؛ خلالها تجرع الضريع ، انطفأ نوره، غاب صوته ، تحشرجت الكلمات في حلقه؛ عاش ومضات قليلة من الفرح العفوي؛ مع مرور الأيام صار يضجر من بؤسه لكنه آمن في النهاية أن حلم التسريح أصبح أمرا حتميا.

طعام

سرقوها من حضن أمها ـ مثلها كثيرات؛ عرضوها في السوق، جاء أحدهم وابتاعها لجماعته، هناك غسلوها بأبرد الماء زعما منهم إزالة أدرانها، قصّوا شعرها المجدول، قطعوا رأسها، أفرغوا ما في جوفها؛ على طاولة الغذاء هتف صغير بتذمر: لا أحب الباذنجان المحشو، سأتناول الأرز فقط ..

طاغية

غرّد وحيداً في ذاك المساء عن الوحدة، طغى عليه الظلام والتهب حزناً وأسىً، وإذ بصوت أمه يناديه: صفوان انتبه من رقادك .. كفاك حُلُماً بالمستقبل.

أدب

على عجل خرج من البيت؛ تسارعت خطاه خشية التأخر عن العمل ، في الطريق لقي طفلا يستجدي الناس ليشتروا منه قطع الحلوى؛ أراد أن يبتاع واحدة لنفسه ذلك أنها تذكره بطفولته لكنه أحجم لمبالغته في الأدب ودعا له بالجبر.

داء

ولد عصفور في قفص تربى بداخله؛ اعتاد أن يُقدم له ألوان الطعام والشراب ليعيش دون عناء؛ على حين غرة انكسر السجن فرأى أقرانه يطيرون في جو السماء .. استنكر عليهم تحليقهم وحرمه على نفسه، من فوره مات حسرة.

نهاية

محاطا بالجهل والتعصب راح يوزع نظرياته ونظراته على من حوله .. يبدي آراءه الفذة في أمور الحياة وسيرها يحاجج بعنف لكن حدث ذات مرة أن اعترضه شعاع علم فانفجر غضبا.

غروب

استفتحتْ : قبسٌ تجلّى في فضاءات الفكر، أنار النور وبسط الهناء أنّى شاء؛ أحلامٌ بهيجة تطايرت وزغرد الشغف في الشغاف ، ختمتْ: كل ذاك البهاء وأنا قابعةٌ بين آمالي الواهية أعبث بها بوهن أرثي نفسي ذلك أن الحب الذي أحدثكم عنه فاتني حينما كنتُ أبحثُ عن المجد وما علمتُ أن أصل المجد حب.

نفاد

في أول زمنه جاهد ليجد لنفسه مكاناً بين أقرانه ، تعلم الفصاحة والسير، داعب خياله حلم إثبات الذات وسلك دروباً شتى في سبيل ذلك وعندما وجد ذاته رقد و نفذ رصيده من الأيام.

دماء

إخوة عمدوا إلى قتل أبيهم واستعانوا بالقتلة المأجورين .. شعر بنيّتهم فاستعان بالغرباء على أبنائه حينئذٍ غرقت العائلة بالدماء وبعد عديد القروء قُتل الأب وقُتل الإخوة وما زال الغرباء والقتلة المأجورين يعيثون فسادا في أرجاء البيت إلى الآن.

مداد

كتب روايته الأولى وأتبعها بالثانية والثالثة ثم طرحها في الأسواق على نفقته الخاصة وأجمع النقاد على مقاطعة رواياته وأحجم العامة عن اقتناء ما كتب فعمد إلى القلوب وراح يكتب بدمها ومن بعدها صار يروي حكايته لمطر الظهيرة ولنجوم الصباح.

جزاء

في الغروب دعته إليها بحياء؛ أقبل وجلا يجاوره التردد.. تاه بين التلبية والاحجام ـ عقل يرفض ولب يستجيب .. انغرس في اللذة ومتعة العطاء.

صباحا زج في السجن بسبب اعتداءه على عجوز.

عطاء

عشِقت الأمل مُذْ هي فتية؛ بشَّرها بالهناءِ السرورُ وفاح الفرح في أرجاء أيامها؛ زَغْرد العبير وعَبَرَ الأثير، انتشت بالبَسمِ الرائع .. وإذْ ذاك حَلَّ عليها مخلوق طنان وسلبها عِطر أريجها لكن ما علمت أن رحيقها صار شفاء للناس.

حرص

زرعوا بذرتهم الطيبة في الأرض الطاهرة، نمت النواة بالشكل الأمثل لكن لشدة ما قوموها اعوجت وما عادت تصلح لشيء.

واقع

تمتم في قرارة نفسه: آهٍ كم أُحبُها، يكفي أنها تشعل النار في قلبها لأجلي وليس بعد ذلك عطاء.

تنهد بحسرة مريرة: هذا العام لم نستطع تأمين الوقود ـ المازوت ـ لها.

أمل

القرُّ الذي نزل صباحاً طرق باب قلبه، هتف بحرقة: كبدي يُحِبُّ الحياة.

قلوبٌ للبيع صدح قبيل الغروب فأشرقت شمسُ الرحيم واحتضنته.

ذكرى

في تجاويف الفرح انغرست شجرة بؤس واسوّدت بها أيامه وما عاد يميز بين ابنا سمير حتى انبجس من قعر السماء أملٌ أغرّ ذلك أن الذاكرة عادت به إلى أيام دار الحضانة التي كان فيها ومر بفكره ما علموه إياه سابقاً.

الله شاهدِي.

الله ناظري.

الله معي.

سجود

في فراغات فكره فُتق جرح في روحه أوجعه أيما وجع تراقص ألماً.

ماس ألِقاً بجرحه العتيق المنغرس في دهاليز الذاكرة.

خر ساجداً لله حامداً إياه.

رؤيا

على أرصفة التاريخ جلس أحد الطغاة الغابرين .. فتح جهازه اللوحي وراح يجول ببصره فيما فعل بنو البشر في المستقبل من بعده راوده عن نفسه الأمل تمنّى لو كان بينهم لكنه حين رأى فعل الطغاة منهم أشفق ورقد في لحده.

شهيد

حار ما يُسمّي مولوده الأول، قلّب التاريخ بحثاً عن اسم، محّص في المعاني وما وجد ضالته، عاذ بالبديع من السماء والأرض فباء بالذريع من الفشل وفي لمح البصر انتهك حرمة السماء شبح الرحيل وانتهت به معاناته، سمّاه شهيداً حسب مشيئة الإله.

صلاة المساء

مع هطول الغروب دق باب القلب زائر ونشر أطياف النور فتلقفته الشغاف بفرح وحبور وإذ ذاك انبجس الفجر من خلال أزقة المساء وعمَّ الضياء في عموم الأرجاء ونادى منادٍ أن حي على الصلاة فصلى الجمُع موحدين رب السماء.

نبض الأقلام

حل الصباح باكراً في ذاك المساء وإذ الأقلام تضج بأمكنتها تريد أن تحكي عما أوجعها وتُحدّث:

كن كالوقت الجميع يركض خلفك ولا تكن كالهواء لا أحد ينتبه لوجودك رغم أهميتك.

هذا ما سطرته الأقلام قبل أن يكسرها قرع الثواني على نافذة الأفق.

حياة

حباتُ الماء التي تتساقط يغشاها بؤس حزين، وللكآبة نفحات، إحداها حطّت على ثغر زهرة فتية فانفرجت بأساريرها الحياة ومن يومها ودرر المطر تتهاطل كالفرح المسرور.

رحيل

عن الحُمّى وسهر ليالي الألم تحدّث وعن الأسى الذي لا
يُنسى تكلّم وأجمع الحضور أنه حول القاعة لبيت أحزان
خالد يُبكي البكاء وغطى البؤس جو السماء حتى خرّ عليه
الموت فشهق به.

خلاص

تموسق الشتات والشقاء في روحه، صارا سيمفونية الأسى
وأبى الرضا أن يسلك دربه إليه، حتى نزل به يأس جارف
فراح يستغفر الناس بسبب ظلمه لهم وإذ ذاك أنّ فؤاده
صارخاً: أعشق البكاء بين يديّ الله عز وجل.

أفول

بالحب أتى صادحاً ذاك الربيع الحاني حتى إن الأزاهير
تراقصت طرباً لقدومه وفي الأثناء قيل عن الحاء والباء أكثر
الكثير لكن ما تحدث كثيرون عن الباء والحاء تلو الصمت
جرّاء الأسى لينقلب الربيع شتاءً راحلاً صحبة أمطار
السجام.

زهد

اختصر ألم السنين بشهقة طويلة تبعتها آه آتية يكاد يخفيها وجاءه صوت من داخل دائرة الأيام وحدّثه: ألم تعلم أن الدنيا دنيا وأن الحياة حي آت وأن الممات ألم مات ، ومن بعدها وهو زاهد في أيام عمره.

سراب

جعل من علمه ستاراً غطّى به ذاته أمام الفاتنات الحِسان .. خاف على روحه من عبثهن حتى أتته غادة هيفاء في لب يوم فسقط صريع الهوى وجافت عيناه الكرى حتى ما عاد يُرى بين الورى.

تغيير

"غدير الحب تدفق من عينيكِ

غيّر حياتي بأسرها

وبعدها غيرنا أنا وأنتِ عالمنا"

هذا ما احتوته تلك القصاصة الصغيرة الساقطة على كتف درب ضمّهُما.

وسربا معا وزعم أحدهم أنه رآهما على ضفاف الموت يتبادلان الحلم والملح عناقاً.

مخاض

جدبٌ حلّ في قلوبِ البشر ـ وللدمع حكاية ـ صارت المروج صحارى، دخان الحقد تكاثف في الآفاق، نفذ الماء والحُب وإذ بشتات يغزو الوقت فتنفجر الأيام؛ بين الزمان والمكان غرّد الفينيق: أنه آوان ميلاد الوطن الحلم.

موت

لم يكن بالإمكان أفضل مما كان.

هذا ما تحدث به الإخصائي المشرف على العلاج لكن بين برهة ولحظة دار الزمن وعاد المريض سليما ولم يكاد يصحو من سقمه حتى خر مغشياً عليه من فظاعة الألم الذي نزل به وبأجزائه ومع تنفس الصبح .. تناثرت أخبار الرحيل أتاهم خبر رحيله وهم بياتا أو قائلون لكن ما أدركوا أن رحيله يعني شتاتهم ذلك أن الميت هو الوطن.

درّة

جحيمٌ لفظ كرة ملتهبة بعيداً أقصى بُعد، بردت الكرة، انهمر عليها الماء فاهتزت وربت، بُعثت فيها الحياة، سادها جنسٌ ذكي، بعض أفراده قارب الجمال والبعض الآخر أحسن الإبداع، قاتل بعضهم بعضا، حينما جنحوا للسلم انهمكوا بزخرفها فورّثوها قاعاً صفصفا.

وعد

أبي، أبي : جاء صادحا بها ؛ حين وصل: لقد مدح الكثيرين دماثة خلقي وأثنوا على تربيتك الصالحة، رد الأب بحبور وإجلال: الحمد لله.

سأزرعُ ما زرعتَ يا أبي.

أعلام

أعلام كثيرة رفعت وفيها ألوان أكثر

لون للحب، لون للحرب ، لون للحكمة، لون للحرية؛ ذات يوم اختصم لون الخير ولون الشر، صاحت أم لابنتها: أن أجمعي الملابس من حبل الغسيل لقد جفت...

ثقة

سألني صديقي المغترب: كيف حال وطني؟ رددت عليه: إن الإخوة صاروا يقتلون بعضهم وشبح البؤس غطى سماء الوطن وهاتيك الحياة تستيقظ في براثن الموت بين حين وآخر لترقى فوقه، فإذا الدم يغزو عينيّ صديقي جراء عويله ونحيبه؛ عاجلته: ها صديقي لا تحزن إن الله معنا.

ذُعر

ظلّت حبيسة بالرغم من الأبواب المشرّعة والأنوار المسلّطة عليها ـ مثلها كثيرات أسيرات لمجتمعٍ بالٍ وتقاليد واهية ـ ذلك أن سَجْنَ الروح أدهى وأمرّ من سَجْنَ الجسد.

تلك الأحلام التي كانت تراودها بين ابنيّ سمير ها هي ذي تظهر زُرقةً في وجهها ووهناً في عينيها ويأساً في أملها....

استيقظتْ مذعورة......

حمدت الله لأنها اطمأنت بوجود رجل يؤمن لها حرية العقل قبل حرية الجسد.

تحذير

أرادت الخروج لتحبو على جبال الأحلام؛ منعتها ذاتها حين قالت: إياك والخروج، على سفوح تلك الجبال ذئاب تنتظر خروجك لتفترسك مرة ثانية.

تاريخ

في المغترب أمام شاشة التلفاز عقب نشرة الأخبار قال طفل لأبيه: هل هذا بلدك؛ أهكذا وطنك ، كيف بشرتني بتلك الدماء والأطلال.

ذرف الأب دمعة ملتهبة تحرق الأمل ورد بحسرة مريرة: أي بني سورية ما عادت بلدي، ما كانت هكذا . أصبر بني سنصبح حكاية فيما بعد لكن لن يغفر التاريخ لقوم دمروا وطنهم بأيديهم.

بقاء

بعد دوي انفجار هائل؛ هرعت زوجة نحو زوجها تهرق الدمع وتفيض بالوجل: هيا لنغادر ، لنرحل؛ ما عدت أطيق صبرا .

ـ مهلك يا امرأة إن جمع الشجر والحجر والمدر يتمسكون وإيانا بأفئدتهم قبل أيديهم بذرات هذا الوطن فأنى لنا الرحيل.

عُقْمٌ

عشقها أيّما عشق؛ كتبَ غرامَهُ في سطورٍ، قرأهُ الكثيرون، تتالى الليلُ والنهارُ؛ رتّلَ ذاتَهُ في عناوينِ الصُّحفِ اليوميّةِ، بيدَ أنَّ محبوبتَهُ كانتْ عقلانيّةً اشترتْ رغدَ الحياةِ بالحبِّ.

الطفلةُ المرأةُ

ما أمهلَها الزمنُ طويلاً سُرعان ما استبدلَ أنوثتَها الصارخة بطفولتِها العذبة؛ راحتْ ترسمُ أحلى الأحلامِ وتلوّنَها بألوانِها الزّاهيةِ، صارتْ أحلاماً بديعةً فضّتْ بكارتَها عندَ خاتمٍ من ذهبٍ.

هرّةٌ

قدّمُوا لها أبهى ألوانِ الطّعامِ من دجاجٍ وأسماكٍ ولحومٍ؛ داعبتِ الروائحُ الزكيّةُ أنفَها؛ غشّاها الشعورُ الرائعُ بالشّبع، حينَ بدئها بالأكلِ انتابتْها غصّةٌ مريرةٌ؛ تذكّرتْ عبثَ أطفالِ بني البشرِ في أجسادِ صغارِها.

تضادٌّ

نهلَ من معينِ العربِ؛ سطّر فكرَهُ بالرّماحِ؛ أضاءَ سنا المهنّدِ دربَهُ؛ غرّدَ القمريُّ صادحاً: أن أبدعْ وأبدعْ، ذاتَ وغىً تعرّضَ للظّلمِ فما عرفَ أن يأخذَ حقَّهُ بالقوةِ.

سهدٌ

نبضَ في جوفِهِ يراعُهُ، وصارَ يرتعُ بأفكارِهِ بين الضّلوع، استبدلَ اليراعَ بقلبِهِ؛ حبا نحوَهُ حلمُ المجدِ، راودَهُ عن نفسِه شغفُ الكتابةِ فكتبَ وكتبَ وكتبَ؛ شدا بكلماتِه على أطراف الليلِ؛ ذاتَ مساءٍ فاضَ القلمُ فاتّشحتْ دماؤهُ بالسّوادِ.

اغتسالٌ

على ضفّةِ نهرِ النّورِ راحَ يكنُسُ عواطفَهُ الباليةَ، يرمي مشاعرَ أكلَ عليها الزمنُ وشربَ، ألقى الهوى عن كاهلِهِ، طرحَ جسدَهُ في النّهرِ هتفَ النّهرُ: أبشِرْ؛ لقد نلْتَ الطُّهرَ.

قسوةٌ

على شاطئِ الأحلامِ راحَ يعيشُ الجمالُ؛ يتنشّقُهُ؛ يلتمسُهُ؛ يسري بروحِه الأملُ، عندَ أحجارِه الذهبيّةِ رقدَ، انتبه مذعوراً فأحلامُ البعضِ لدى البعضِ أوهامٌ.

ذهابٌ

على ضفافِ عمرٍ بدأ ينفَدُ قيلَ: وراءَكَ أيّامٌ ثُكالى ترثي حالَها؛ تصبو الإيابَ؛ تغنّي لحنَ الرجوع، لكنْ هيهاتَ هيهاتَ وتموسقَ المُنى والأملُ، حين السّكرةِ الأخيرةِ أفلتِ الرّوحُ.

عَبقٌ

حلّقَ الحلُمُ في السّماءِ، ترقبُهُ عيناهُ بأسىً؛ هبطَ بأحلامِهِ على الأرضِ، عزمَ على التضحيةِ بأغلى ما يملِكُ كُرمى لأهلِهِ؛ غرّدَ الحزنُ وتطايرَ نجيعُهُ شهادةً.

ألمٌ

في حضرةِ الوجعِ انكبَّ على ألعابِهِ يعبثُ بها، التقطتْ يدَهُ دائرةَ الفقاعاتِ، صارَ يطيرُ بالفقاعات فوقَ أطلال ذاتِهِ، يبكي ويضحكُ لا حزناً ولا فرحاً، حطَّتْ إحداها به فوقَ جزيرةِ الكنزِ الحُبلى بالأحلامِ، ببطنِ بؤسٍ غدتِ الجزيرةُ قرنَ شيطانٍ.

عَوز

طافَ طائرُ الحبِّ حولَهما؛ رأتْ بعينَيه الجنّةَ وأحسَّ أنَّ الفردوسَ بقربها، بسمَ لهما الزمنُ، زغردَ الشَّغفُ في الشّغافِ ولهاً؛ أشهدا الكونَ على ميثاقٍ يربطُهما، بعدَ توثيق العهودِ تناولا الخبزَ المرَّ سويّةً.

سعيٌّ

خرجَ من دارِهِ نشيطاً يصبو اللقاءَ، سارَ في دهاليز مظلمةٍ، تبعَهُ بعضُ الرُّفقاءِ، ألفى ناراً ونوراً قُبيلَ الموعدِ المرتقب، حينَ اللقاءِ ضاقَ الوقتُ بحديثٍ فاتَّحدَ مع عشقِهِ، مضتِ الشّهورُ التسعُ حتى أتى الحياة.

طوافٌ

في الشّرقِ ابتاعَ قلباً، زيّنَهُ أروعَ زينةٍ من شوقٍ وهيامٍ، طارَ بهِ الأملُ على رفرفٍ خضرٍ، صارَ يشدو أعذبَ الألحانِ، توجّهَ تلقاءَ المغرب فإذا به يغوصُ في الأفقِ الصّاخبِ، على مقرُبةٍ من الموتِ تذوَّقَ الحياةَ.

نداءٌ

في الحلمِ فقدَ محبوبَتَهُ؛ حين انتبهَ من رقادِهِ حارَ، أيُخبرُها أم يغيّبُ حزنَهُ في أعماقِ الفؤادِ، من صُلبِ الحيرةِ انبلجتْ روحُهُ لتصدحَ: أرجوكِ حبيبتي لا تتركيني.

حلبُ

مُلتقى دروبٍ على قارعةِ عملٍ، رقى القولُ به إلى عملٍ، أفلَ نجمُ اليأسِ ليبزُغَ فجرُ الأملِ، على حينِ حمق أبله جرى التخريبُ على عجلٍ.

كفاح

الكلماتُ التي أزهرها يراعُه ذات دفق وجد أنّ الموت غشيها، كم حلم بها أمّاً تفرح القلب؟ حسبها عروساً دريّة! من رُفاتِها انبعثت الكلماتُ.

وفاءٌ

استهواهُ هوى الهيروينِ، باعَ كلَّ ما يملكُ؛ ختاماً توجَّهَ نحوَ بيع قلبِ أمِّهِ، ذبحَها مثلَ الشَّاةِ ليجتثَّ القلبَ من بين الضّلوع؛ في طريقِهِ لاستبدالِ المخدِّرِ بالقلبِ تعثَّرَ فسقطَ أرضاً، سَألَهُ القلبُ: هل أصابَكَ أذى.

سُوريٌّ

غربةٌ تاهت بحورُها، ساقَهُ الحنينُ إلى عطرِ ياسمينةٍ كانتْ تُحيطُ ببلدِهِ؛ رجعَ بهِ العبيرُ إلى حيثُ كانَ يغفو الوطنُ في حُضنِ السّلامِ، غاصَ في سماواتِ الأملِ؛ حين تذكَّرَ الواقعَ كنسَ اليأسُ الأملَ.

المائدةُ

ديكٌ وديكٌ ابتاعَتْهُ ربّةُ المنزلِ، حضَّرَتْهُ أفضلَ تحضيرٍ، البيتُ أترعَ برائحةِ الطّبخِ الزكيّةِ؛ داعبَتِ الرّيحُ الشهيّةُ أنوفَ الجوارِ فملأَتْهُمْ لذّةً، صفَّتِ الصّحونَ والأكوابَ صفّاً، أخذَ أفرادُ العائلةِ أماكنَهم حولَ المائدةِ، صاح صغيرٌ بدهشةٍ إنّهما ديكٌ و ديكٌ.

ضالٌ

نالَ وسامَ الشّرفِ في مسابقةِ زهقِ الكرامةِ، في دربٍ مُظلمٍ أشجارُهُ شائكةٌ، أزهارُهُ سامّةٌ، أمطارُهُ رؤوسُ شياطينٍ، هناكَ تُغتالُ روحُهُ في اليومِ سبعينَ ألفَ مرّةٍ.

انكسارٌ

حسبتُهُ يجهلُ، غادرْتُ البيتَ؛ الخيانةُ مقصدُها – وللخزيِ مرارةٌ. كتبَ لها: ضياؤكِ أطاحَ بنورِ عينايَ، ففاضَ نهري وهاهيَ رُوحي تفيضُ معهُ، عادتْ تقطرُ دماً مكلّلةً بالعارِ.

عبثٌ

عندَ الأصيلِ رامَا الودادَ، أنفقَا السّاعاتِ يستهلكانِ الحبَّ بشتّى أشكالِه؛ حينما بدأتِ الشّمسُ بلمِّ خيوطِها واحمرّتِ السّماءُ، النسيانُ غشّى مرامَهُما بمؤازرةِ قدرٍ صلْفٍ.

زعيمٌ

زعيمٌ تضوّعَ فخراً؛ بالسّوؤددِ وعدَ قومَهُ؛ انسكبَ النّعيمُ، بلدةٌ طيّبةٌ وربٌّ غفورٌ؛ على حينِ بؤسٍ نزلَتْ بناتُ الدّهرِ – جفَّ الماءُ والحبُّ. بدا الزّعيمُ صرحاً من كذبٍ.

كاتبٌ

أحبَّ أن يرسمَ أمَّهُ، رسمَ شمساً وجدَها تأفُلُ؛ رسمَ منارةً ألفَها بعيدةً؛ رسمَ سماءً رآها واهيةً، حارَ في أمرِهِ واحترقَ حيرةً، رسمَ على صفحاتِ قلبٍ حروفاً.

ذُرِّيّةٌ

ظلامٌ ضيَّعَ أباهُم بعدَما غواهُ ـ وللأسى غصّةٌ، طالَ عليهمُ الأمدُ فازدادَتْ ذواتُهم شتاتاً، من السّماءِ جاءَ خلاصُهُمْ متمثِّلاً بأزهارِ النّور، تفتَّحتِ الأزهارُ وعمَّ الضّياءُ، ثلّةٌ اتّبعوهُ وأكثرُهُم ضالّون، سادَ الظّلامُ فأبى النّورُ إلا أنْ يُتَمَّ نورَهُ.

عطاءٌ

فاحتْ ريحُ الرّحيلِ، هواءٌ نزعَ عن الأشجارِ رداءَها ـ طغى اللونُ الأصفرُ. يهيمُ الأملُ في الأفقِ، زغردَتِ الحقولُ آنَ أوانُ الغوثِ.

تَبادُلٌ

مع بَدءِ العام الدّراسيّ عشقَتْ مدرّسةُ الرياضياتِ أستاذَ اللغةِ العربيةِ، أحبَّها أيّما حبّ، علّمَها الضمَّ لقّنَتْهُ الطّرحَ، أغدقَ عليها الرفعَ والسّكونَ، علّمَتْهُ كيفَ يكونُ الضّربُ.

انتقامٌ

خرجَ من موسمِ الصّبرِ وهاجاً مكلّلاً بالنّورِ، تمرُّ الأيامُ مرَّ السّحابِ وروحُهُ تلفظُ الضّياءَ. راودَهُ اللّيلُ عن نفسِهِ بحلمٍ كاذبٍ؛ بالحسامِ جبَّ الظّلام.

عُمرْ

في الضّحى صعدَ على تلّةٍ من بكاءٍ، لتُفضيَ به إلى سهلٍ من فرحٍ؛ توسّطَتِ الشّمسُ السّماءَ فتفتّحَتْ أزهارُ التّعبِ، التّلّةُ صارتْ جبلاً انتشرتْ على سفوحِهِ أشجارُ الهمومِ، انتهى من الجبلِ إلى البرزخِ.

عجبٌ

ريحٌ عاتيةٌ اجتاحتِ المدينةَ، لزمَ سكّانُها البيوتَ، فئةٌ ضالّةٌ انتهزتِ الفرصةَ لتسرقَ قوتَ الشّعبِ، بعدَ هدوءِ العاصفةِ صارَ اللّصوصُ أبطالاً.

قصّةُ قصّة

تعالى اليراع شامخاً، متأهّباً للنّزال. استطالت الورقة أمامه بيضاءَ نقيّةً كسُحب السّماءِ؛ تطفَّحَ غنجاً ودلالاً. الحماسُ ألهَبَهُ، فاضَتْ أنهرُهُ على صدرِها، الأنهارُ أضحَتْ سطوراً تحكي الحياة.

انعكاس

سماءٌ سوداءُ، آلافُ الغربان تجوبُها. دونَها تماوجَتِ الألوانُ لتلدَ جنّةً؛ الجنّةَ أفسدَها قاطنوها بسوءٍ خلقِهم.

قيامة

خرجُوا من أجداثِهم؛ النّورُ قبلتُهُم والشّمسُ فوقَهُم؛ ظهورُهُم كرهَتِ الأحمالَ. لكلٍّ منهم سعيهُ ـ وللذّكرى حكايةٌ. زرعُوا السوءَ ويُنشدونَ الغُفرانَ.

حبيبٌ

في حلمِ اليقظةِ رأى مَن يُحبُّ في المستقبل، باغتَهُ فيضٌ من المشاعرِ دافقٌ، رقيقةً صارتْ قسماتُهُ، حلوةٌ كلماتُهُ، تذرفُ عشقاً سكناتُهُ. تصبّبَ مُنتشياً بعطرِ الودادِ، خفقَ فؤادُهُ بلهفةٍ، اهدأ أيُّها القلبُ إنَّها لكَ.

طيشٌ

من المدرسةِ خرجَتْ، ملأها خفراً لحاقُ الشابِّ بها، الخفرُ صارَ ارتباكاً في سيرِها وحمرةٌ في خدودِها وتسارُعٌ في نبضِها، تجاسرَتْ ورنَتْ خلفَها لتلتقيَ العيونُ، أمطرَ فؤادَها الهلعُ سوى أنَّ نفسَها أقبلَتْ.

غرامٌ

أحبَّ النسوةَ أحلى حبٍّ؛ كادَ يغرقُ في غرامِهنَّ. رفرف به الحلمُ إلى قبّةِ السّماءِ؛ هبطَ في جزيرةِ النّساءِ. عند المساء فؤادُهُ صرخَ: أتوقُ إلى الرّجولةِ.

إيمانٌ

تاهَ في دروبِ الحياةِ، ساقَهُ الأسى إلى أوديةٍ مظلمةٍ لا قرارَ لها، من صلبِ البوسِ حدَّثتْهُ نفسُه: قد أسكرَكِ طعمُ الألمِ وتجرَّعَتِ المرارةُ كؤوساً. فما ألقى لها بالاً، أتاهُ الرجيمُ فوسوسَ لهُ ما وسوسَ؛ تفتَّقَ فؤادُهُ ليشدو إنَّ معيَ ربّي سيهدين.

غربة

أسرارُ الألم ما علمت بها سوى روحها، غربة النفس أدهى وأمرّ من غربة الجسد؛ ويمتد سرطان الأسى وينمو حتى ينخر جدران الفؤاد، هكذا أيقنت في ذاتها. فجأة انفجر بركان بؤس حين تجلّى القيد سوار ذهب.

وهم

طافت حولها أحلامه، سرب نحوها وداده، نحرت حبه بالهجر لولا مسَّ الهوى لشغافها؛ سبق الموت حبّهما.

سكارى

لذّة الحلم افتقدوها، يركل الأسى أملهم ويلوك التواكل اتّكالهم، تقطّعت بهم السبل حتى تاهوا في رحى الأيام - وللشقاء غصة. من بؤرة التيه انجلى الهمّ وتحققت كافة أحلامهم سوى أنهم ما ذاقوا طعم النجاح.

جهل

نضارة اللبن التي ارتشفها من صدرها ما زالت تناغي روحه؛ أغرّته بالبطش قوّته الحديثة؛ وإذ به يتماهى مع القسوة؛ أشجارُ الحنين للبيت الأوّل اجتُثّت عند سفوح طيشه. تبعثرَ الماضي البهيج وهجر الحياة بعد الحياة.

ظفر

ترجَّل عن حلمه الوارف النقي، أوارُ الشهوة أتلفَ منه الفؤاد حتى طغى، اتّخذ المكر سبيلاً وراح يغشُّ من حوله في سبيل تحقيق الحلم الأبيض، وإذا بنجم حلمه يغيب في المستحيل، نال حلمه البهيّ بعدما عمد إلى تطهير نفسه بالوفاء.

سبر

حافلة تسير بأناة في بلدٍ مضطرب ـ كهلٌ سائقها ـ تحوي طلاب جامعة بينهما عاشقان، دوى صوت رصاصتين ـ ضمت يدا العاشقين بعضها؛ فجأة توقفت الحافلة صعد إليها رجلان من الثُوار ضد الدكتاتور، قال أحدهما: نحن أبناء هذا الوطن نسعى لتسود خيراته على الجميع لا أن تحتكرها فئة واحدة نحن وأنتم إخوة وأولئك غرباء، الوجوم غزا وجوه الطلاب وما تفاعلوا مع محدثهم وبادلوه نظرات فارغة وكأنه يهرطق، نزل الرجل من الحافلة واتّصل بحاجزٍ تابع للدكتاتور.

هدى

أسراب الذنوب تدافعت نحوه؛ تلقاها بثبات ، قرَّر الصبر ـ وللصمود حكاية. تعب الصبر من صبره، شيء من الوهن تسلل إلى روحه، خشية الهزيمة فاضت مآقيه فانهمرت رحمات .

حب

أصابه لحظها الرقيق، من هول البهاء تمايلت شغافه ـ وللعشق رواية. اتّكأ على ذاته يجمع أنفاسه. من حينها صار ثغرها بسّام .

رحمة

زمنٌ توقَّف فيه العقل، لأجل القتل قتلتِ الجيوش، والقتلى محمولون على النعوش، وأكثرُ الناسِ منشغلٌ بالمالِ وزخارف الدنيا والنقوش، وأظلمتِ الدُنى، والإناث لا تلد إلّا ظالما فجّارا، والأرض لمن يذكر الله حنّت، الظالمون من أصلابهم بُعث الهدى.

السيد

تغنى بالانفتاح وكسر القيود وذاك ناموسه في الحياة. ممنوع الحب، ممنوع الحقد، الألم ممنوع وكذلك الفرح؛ هكذا شرّع قوانينه حين نال منصباً عائليا، ذوي القُربى أحسوا بازدواجيته، حين لفحه نور حرية الفكر تكسّرت دون الضياء آماله السوداء بالسيطرة.

إهدار

أبدع في عمله، روى الناسُ سيرته، سَرَبَ بعضُ غرور لكنه طرده بالتواضع، رام الإخلاص، قارب الكمال لولا إشراكه الناس في إنجازه، من فعله جنى هباءً منثورا.

صبر

دون جبال الأسى فؤاد تتربّص به بنات الدهر، ذابت حوله الأفراح وتبخّرتِ البسماتُ، النجمات ألفت جهاده فزغردت في سرّها، هتف البؤس: أيها الصابر تعبتُ من حملِك لجبالي.

بلية

حدّثني صديق عن أبيه و شاشة قائلا: تعرثُ أمامه، حسبها جنة فأحرقه لظاها، تحسّر على نفسه، زفر حرّات العِبر، بثَّ فيها آماله الواهية فابتدرته بقيد صفيق.

عنت

لغرورها لذّة أحبّتِ التمتّع بها، رفضتِ الشباب الراغبين بها كزوجة، مهندسين، أطباء، قهقه فؤادها، ازدانت بجمالها سماواتها فنهلتْ من اللذّة المزيد ـ وللغرور شهوة . تفرّس بها الزمن، زوجة عامل نظافة تنبأ الناس في كتابها المُستطِر لولا رحيلها دون الكِبر.

إرهابي

دون جسد ابنه المسجى تهاونت أركانه يعاين سكرات الألم. حجّت إليه ذكريات خطاياه العتيقة حين قتل وسحل ونزع وقلع، من جانب الموت خاطبه ابنه: ها أنا أدفع عنك الثمن.

بيرق

صديقٌ سأل صديقه المعلم: مالي أرى أقرانك في البيت نالوا الشهادات العُلا في الطب والهندسة وأنت دون ذلك ترزح، فردّ بحكمة ووقار: هي أجيال تمرُّ من عرق جبيني وكدح يميني.

فضول

أبو صفوان رجل يحب العزلة، يبالغ في الحذر، يتخفى من الناس، الأقاويل بدأ تنبت في صدورهم، وإذا بالموت يتسلل لواذا بمنزل الرجل ويقصّ شريط حياته، حين الدفن علِقت أعين الناس بشواهد القبر.

تغابن

العِطرُ الذي غاب ذات ربيع أدهش البنات، تواريه أذعر النحلات وبثَّ فيهنَّ أعظم الشك.

من خلفِ الحُجُب هتف الشذى: لا عودة لي إلا بالرحمة.

تسلّط

عمله في مكتبة مهّد له الطريق للعبث في مشاعر البنات ـ للاشيء يلهو بأفئدتهن ـ تعرّف على عموم ردّات الفعل، خَبِر طرائق الفتيات وحيلهن في ستر الأسرار. وإذ بهيفاءَ ماجنةً لعبت بأحاسيسه وحواسه وكسّرت قلبه.

معاينة

حسناءُ فاتنة، يسحرُ الأفئدةَ جمالُها، لاذ بها الحُسن وإذ بالشحوبِ يطرقُ بابَها، هرع الأهلُ لمعرفة السبب، زاروا عديد الأطباء، نتائج الفحوصات أكدت أنها فرّطت بما وُهِبتْ حين طيش.

الجُمُعَة

يومٌ ازدانت به الأيام، أناسٌ منهكون من أثقالٍ أعيت ذواتَهم، دخلوا المحاريبَ جوارَ مخلوقاتِ النورِ، النورُ عبقَ في المكان، أنهَوا المؤتمرَ الإلهي ركّعا بأجسامهم دون قلوبِهم.

غصب

ضمَّها شارعٌ حزينٌ تحكي له وحدتَها ويئنُّ من لياليه المؤرقة؛ آنستهما الريح الهادئة في نهاية الغروب، شبح رجلٍ يخطف حقيبتها من يدِها ويتركُها تتشجبُ الشارعَ وكآبته.

ضنك

في حانةِ العذابِ هوى فؤادٌ، تجرّعَ الأسى حتى ثمِلَ، جرَّ إليه الرجاءُ بالخلاصِ، تنفّسَ الصُّعداء، ارتقى به الأملُ إلى سماءِ الوهم.

انكسار

ذات بؤس تتشظَّى حلمُه، علقتْ بأهدابه أعظمُ الأحزانِ، نثرَها ببسمةٍ ما قبل الموتِ ـ وللغصة مرارة ـ دمعُ فؤادِهِ سحَّ على جدران روحه، ألفى الغيابُ حاضراً، تلاشى العمر وما حقَّق الحلم، فحلمه حلم الحلم.

تراكم

امتطى حلمَ الغدِ المشرقِ ثم ما لبثَ أن انزوى على ذاته يلوذُ بعميقِ الألمِ والصمتِ، ذلك أنَّ حلمَه كان مخزياً وما جنى منه سوى ضياعِ الوقتِ واكتساب خبرةٍ حياتيةٍ للقادمِ من الأيام...

حسرة

جابتِ الدُنى تجبُّ الوقتَ بالمجونِ، تريدُ الرقصَ على حبال الهوى، لاهٍ فؤادها.

رزينٌ ملتزم ينشد الخلاص من أرض الاختبار إلى خلد القرار، بالطاعات يشغل فؤاده، ذات رنا التقت العيون فعبّ من مجونها ونهلتْ من ثباته، حلُما بالجنان لولا التشدّد بالهوى.

ظلمات

قدّ من ظلام الليل قِطع متجاورات وأسكنها قلبه ـ يروم الظلم ـ فاتشحت دماؤه بالسواد.

هيفاء فاتنة وقعتْ في هواه وتماهى في هواها فتحولت دماؤه مدادا يسطر به آيات الغرام حبّاً بها وتوقاً لها، وإذ بها تلوّن سماءها بحبره، ويغشى ليله نهارها.

جهاد

لم تُكمل دورتها العُمرية بعد حينما قرّروا سبيها، تقطيع أحلامها، وأدها في الحياة، ألصقوا بها المسؤوليات العِظام

تُريدُ الخلاص، تتزعزع إرادتهم إزاء صمودها، ذات دهر رأيتُها بأمُّ عيني بيضاء، طفولة جدّي.

دهور

يلتقيان في آخر أولِ العمرِ، عجوزٌ تمرّ عليه السنين ـ وللغروب عبراتٌ ـ يُمسكُ بتلابيبِ الزمنِ، يرجوه الوقوفُ. طفلٌ بهيٌّ يلهو الفرحُ بين يديه، يرومُ لعبة أو قطعة حلوى، يجمعهما كرسي متحرّك، تتشابهُ هيئتُهما وهي غيرُ متشابهةٍ.

ولادة

في أحد المشافي امرأةٌ نزل بها أعسرُ المخاضِ، تتلوى ألماً، تفيضُ الروح في صدرها وتغوص.

هلّ الولدُ مغشيّاً عليه، هرع الممرضُ لصفع قفا الوليدِ. فقال طبيبٌ: تمهّلْ، أيّها الفطيمُ لقد وُلدتَ عربياً فانفجرَ حديثُ الولادةِ بكاءً.

سقيم

يربطون الجسدَ الضخمَ إلى طاولةِ التخديرِ، المتواطئون يحتفون بمريضهم ــ يرومون تخديرَهُ. كلّ حين يؤمّه الخبراءُ من أنحاءِ العالمِ لغسلِ دماغه.

كِتاب

وسط عتمةٍ بزغَ ثغرٌ صغيرٌ يسألُ: ما سلكنا في كبدِ العيش؟ ردّ قرينُه: أمَا وإنَّ الإرادةَ رفيقتُكَ فلتحيا كما تريد. على جدار الرحمِ مرّت " سنريهم آياتِنا في الآفاق وفي أنفسِهم " وجاء من أقصى الموتِ مخاضٌ يسعى وحلّ الوليدان.

لعنة الخنجر

حلّ المساء، يترجّلُ عن عربته، تستقبلُه أفواهُ الأطفالِ الجياعِ، يسومه البؤس كل لحظة.

قُرع البابُ: افتح للحلمِ القادمِ حين ستفجّرُ نفسك وسط المصلين.

مُضيّ

أمام المرآة تقف متنهدة، ولّى شطرُ العمرِ وجهه، خاطبتها المرآة: كيف مرّتِ السنواتُ؟

ـ مرّت مرور الثواني وهل تترك السنين أثرها إلّا على الوجوه.

حاذق

تزوّجَ في فجرِ عمره، يرومُ ذكراً ليحملَ اسمَه، مرَّتِ السنواتُ العجافُ، أمّه يأس متّكئ، كلّ آن تفيض من جوفِه حسرات ـ وللأسى عَبرةٌ ـ أشرق الحلمُ أنثى في رحمِ زوجِه، كظيمٌ يولّى وجهه، عيّروه بأنثاه؛ ذكّرهم بمريم.

مصلحة

تمرّر يدها على شعره، تثب إليه صورة أمه وحنانها ـ ما أحلاها من أيامٍ ـ حينما تقضي منه وطراً

- يدي تؤلمُني.

نفاق

أختُهم الصغرى غادرتهُم بعدما ظلموها، روحُها تشتاقهم، هُمُّ الأهل والوطن، تجوبُ سُبُل الحياة يصحبها الأنين.

ماتت حسرة ـ وللمرارة غصّة ـ وإذ هم خصِمون من سيلحدها.

اقتراف

وقومٌ أضرموا أوار النار، يداً بيد، لاهيةً قلوبهم، من جريمتهم اسودّت حمائم السلام، من ذا الذي يخمدُ النارَ العظيمةَ؟

أطفالُهم يعبثون بالأيام، يخالطُ شذى الربيعِ أحلامهم، أيلولُ أزهرَ، تجلّى النقاء.

مرّ الزمنُ وانكشفتْ جنايةُ الآباءِ فإذ بالأولاد يرقصون على موت آبائهم!

خضوع

جدّي وزوجُه وأقرانُه يكيلون سيلَ السبابِ على التواصلِ الاجتماعي وأدواتِه، الواتس، الفيس. جمّعوا الأحزابَ على ذلك.

ذات صباحٍ خرجَتْ علينا جدّتي بزينتِها وهتفَتْ أين عصا السيلفي .

فوات

مغمضُ العينين يمضي في سبيل تحقيق الحلمِ، هاجرٌ لأصدقائه، متخلٍّ عن جمال ما حوله من حيوات، كل حين يفوته رحيق الأيام ـ وللأسى غصّةٌ، بعدما ولجَ النورُ عينيه تحققَ الحلمُ وخسرَ لونُ النجاحِ.

تجديد

والدان وصلتهما رسالة الكترونية ـ كلٌّ على حدة ـ تحوي عبارات الغزلِ، تؤجّجُ المشاعرَ، تستنطقُ الهوى.

رجعَ الشبابُ حين استبدلا لون شعرهما، وإذ بالأحلام تميسُ والأماني تصفّقَ، حين موعدِ اللقاءِ هنّأهما ابنهما بمرسالِهِ.

انفصام

قرّرا الزواجَ، ازدانَتْ بنصفِهِ وتزيّنُ بشطرها، مرّت الأيامُ ونمَتْ براعمُ الخلافِ، دمعاتٌ كئيبةٌ روتِ البراعمَ، حين الانفصالِ بدا نصفهما مشوهاً.

مراهِقة

فراشةٌ تتألّقُ في ريعانِ الصبا، تعبثُ بالمشاعرِ، تلهو، تتلذّذُ بالوشايةِ ـ تحسبُها لعبة، انسحبت البسمات من شفتيها حين اصطادت صديقتها.

ازدادَ الشقاءُ حرقةً، لوم الخليلة أزهر بصدرها الندم.

براءة

وسط أصدقائه انبرى حازم بلحية كخيطٍ رفيع وخرزةٍ في أذنه وشعرات منتصبة في رأسه ينتقد الموضةَ وأهلها، فمدّ له أحد الحاضرين مرآة.

زرع

ابنان ووالدان، يمضي الثلاثة في دروب الحياة، يسرعون، يتعقّبون الأيامَ، يختلسون لحظات الفرح وسط كبد العيش، تعثّر الجد وخرّ مضرجاً بسنواته، هتف الحفيد: مهلك أبي، احنْو عليه، انه رفيقي في المرح والوهن.

خبرات

تدورُ الحياةُ، وتتقلّبُ الأيامُ بين صيفٍ وشتاءٍ، وفي طبقة أرستقراطية قال أحدهم: كم أبرعُ في الطبّ، أمتلكُ شهادةً بذلك! وصدحَ آخرُ: كذاك حالي في المعلومات وتقاناتِها، من دون الجُدُر المؤصدة واسى الكنّاس قدره وأثنى على نفسه: ولعملي شهادة، لِأجمع قماماتهم.

حلم

بسط جناحيه ليطير في سماوات الحلم، اصطدم بأشجار الواقع الباسقة، عند حائط القدر تكسر الحلم.

سراب

دأب على صناعة المجد لنفسه لكنه فشل، ذلك أنه ابتعد عن ربه برهة فضيع عمره غربة.

صحوة

ساورته الرغبات؛ اشتعل حيرة؛ أطلق لنفسه العنان ، أصدر قاضي العقل رفضه بالحكم القاطع.

غصّة

أحبت في صغرها أحد الفتيان، حينما كبرت جردها ذاك الحبيب العتيق شرفها.

فَرَجْ

ضاق الزمن في فكره، رحُبت الآفاق حين ناجى الإله.

سمو

ذات وقت داهمه وابل من الخوف والهلع، بالقرآن بدده فسما به.

جُحودٌ

انتهكَ حرمةَ السّحرِ بفجورِهِ فلقيَ معيشةً ضنكا، ابتهلَ بالدّعاءِ طلباً للهناءِ.

عبادٌ

أحاطوا أنفسَهم بالمعاصي والخطايا، طلبوا الرّزقَ والتوفيقَ.

عُنصريّةٌ

سكبَتْ فيضَ حنانِها على ابنِهم، أذاقوها ضنكَ العيشِ ووبالَ العاقبةِ.

قَدرٌ

تحمّسَ لفكرةِ أنء يكونَ أباً، حلَّقَ بهِ الأملُ في سماءِ الحلمِ؛ حينَ الولادةِ وضعتُ لهُ ليلاً.

مكرٌ

غريبٌ لثمَ الشّمسَ، أحرقَ لهيبُها ثغرَهُ، أطفأ حرَّها بمالِه.

مُوَظَّفٌ

درسَ وأفلحَ حتَّى مَن حولَهُ أفرحَ، السِّلكُ الوظيفيُّ سلكَ، تسييرُ أمورِ المراجعينَ غايتُهُ؛ أعلى المراتبِ نالَها حينَ طردَ الرَّحمةَ من قلبِهِ.

أديبٌ

عُريٌّ تخلَّلَ نصوصَهُ؛ دلَّتْ معانيهِ على الفجورِ؛ ما خلَتْ كلماتُهُ من الرفثِ أبداً، نالَ شهرتَهُ بذلكَ، في حفلِ المراسمِ عيّنَ سفيراً للأدبِ الرّاقي.

راحةٌ

غاصَ في الحياةِ حتى أذنيهِ، جمعَ وقمعَ، أفنى وأغنى، الراحةَ نالَها حينَ فقدَ الحياةَ.

هوى

في الهوى لهُ أهواءُ، ذهب فؤادُهُ صحبةَ عمرِهِ هواء.

عشق

أثقلته الهموم؛ أتكأ على فنجان قهوته، زغرد بذاته الأمل حين غرق بعيون من يحب.

خلاصٌ

دفاترُ الحزنِ تكدَّسَتْ في تجاويفِهِ، فاحَ شذاها في أيامِهِ، بذاتِ روضةِ زمنٍ صاحَ: أنْ يا الله. فاختفَتِ الأحزانُ.

غفران

سربَ القلقُ في عتمةِ الدُّجى متوجِّهاً نحو فؤادي فأصابَني بمقتلٍ من الهلع وما عُدْتُ أميّزُ بين زُكاء وأخيها الصغيرِ المنيرِ، حتى قالَت لي الرُّوحُ: أبّشِرْ يا هذا فلكَ ربٌّ كريمٌ رحيمٌ يخرجُكَ من الظلماتِ إلى الضياءِ ومن الحرورِ إلى النورِ، حينئذ تفتَّقَتْ شغافُ القلبِ وعبّتْ من نسائمِ الإيمانِ ومن يومِها وأنا أسلّم أمري لربّي وأناجيه:

بحبِّكَ تنفرجُ أساريرُ العالمِ باسمةً

بحبكَ تتفتح الازهار وتشدو الاطيار

بحبكَ تتهادى الشموس والأقمار

بحبكَ يضيعُ الليلُ ويغرقُ العالمُ بنهارٍ

بحبّكَ يختفي ملح الحياة وتغدو الحياة أنهار

بحبكَ يحلو لي البوح وكشف الأسرار

بحبكَ يحلو الحب ويطيب الحوارُ

بحبكَ يدوم الشباب ويلمع الوقارُ

بحبكَ تتألَّق كلماتي وتُثمر الأفكارُ

بحبكَ تذوبُ الصحارى وتورفُ الأشجارُ

بحبكَ يطيبُ العُمرُ وتتزيّنُ الأعمارُ

وإذ الجفونُ ترتعشُ خجلى من كسبِ الذنوبِ وتترقرقُ الأهدابُ دمعاً يفيضُ، جياشاً بالندمِ ويخفقُ منّي الفؤادُ وإذ بي بمحرابِ اللطيفِ أهفو.

" تمت "

جهات التواصل مع الكاتب

الإيميل الشخصي للكاتب:

hobestar911@gmail.com

الصفحة الشخصية للكاتب على موقع فيس بوك

https://www.facebook.com/khaled.hamida.7